악의 꽃

LES FLEURS DU MAL

Charles Baudelaire

── 앙리 마티스 에디션 ──

악의 꽃

샤를 보들레르 지음 × 앙리 마티스 엮고 그림

김인환 옮김

문예출판사

일러두기

- 이 책은 앙리 마티스가 보들레르의 《악의 꽃》에 담긴 시를 직접 선별하고 그림을 그려 편집한 것으로, 1947년 LA BIBLIOTHÈQUE FRANÇAISE에서 출판된 263번 판본을 재현한 *Les Fleurs du mal*(Éditions Hazan, Paris, 2006; Éditions du Chêne, Paris, 2016)을 참고했습니다.

- 〈만물교감Correspondances〉과 〈가을의 노래Chant D'Automne〉는 마티스가 선별한 《악의 꽃》에는 포함되어 있지 않으나 역자가 추가해 번역한 것입니다.

- 차례에 *로 표시된 시는 시제詩題가 없어, 시의 첫 행을 제목으로 삼은 것입니다.

- 옮긴이 주는 *로 표시했습니다.

Fleurs du Mal

차례 ————

나는 프랑스 문학을 전공하면서 시를 특히 좋아했고, 그 중에서도 단연 보들레르의 시를 사랑하여 10여 편을 외웠다. 유학을 마친 후 귀국하여 프랑스 시를 가르치면서도 학생들에게 시를 외우도록 했는데, 정년을 마친 지 꽤 지난 지금까지도 매일 30여 편의 프랑스 시를 암송하는 것이 내 커다란 즐거움이다.

오래전 1970년대에 어느 출판사의 의뢰를 받고 《악의 꽃》 3판을 번역한 일이 있는데, 이번에 앙리 마티스가 직접 시를 고르고 그림을 그려 출판했던 《악의 꽃》 번역을 문예출판사로부터 의뢰받고 이전 번역을 다시 살펴보게 되었다. 물론 그 당시에도 최선을 다했으나 다시 보니 역시 아쉬운 부분들이 눈에 띄어 새로 번역을 하고 싶어졌다.

보들레르가 고전 시학을 완성하면서 프랑스 시가 상징주의로부터 현대시로 옮겨 가도록 길을 개척한 시인이었으니, 다시금 그의 시가 가진 운율의 음악적 아름다움과 시 언어의 신선함을 느끼게 되었고, 프랑스어와 우리말 사이에 있는 언어 장벽 때문에 그의 시를 우리말로 옮기는 일이 쉽지 않았지만 내 나름대로는 보들레르 시의 특성을 최대한 살리면서 그 내용을 전하기 위해 노력하였다.

이번에 번역한 보들레르 시는《악의 꽃》1판에서 3판까지의 시들 중 마티스가 직접 엄선한 것인데, 모든 시에 마티스의 삽화를 곁들였다. 대부분의 보들레르 시에서 여성의 모습이 보이는데, 마티스는 이를 화가 특유의 영감으로 포착해 여인들의 다양한 모습을 데생으로 재현했다. 시인 루이 아라공Louis Aragon에 따르면 마티스는 제2차 세계대전 와중에도 여러 해 동안《악의 꽃》작업을 고민했다. 사실 애초에 마티스는 석판화 작업을 시도했으나, 작업과정에서 의도치 않게 그림이 망가져버리고, 석판화 작업을 위해 준비했던 드로잉만 남게 되었다. 마티스는 이를 활용해 장식과 타이포그래피를 추가하고 시를 직접 선별하고 엮은《악의 꽃》을 출간하였다. 마티스의 삽화들은 화가가 시도한 유일한 작업일 뿐만 아니라 프랑스 시의 역사에서도 그 유례를 찾아보기 힘든 어려운 작업이었기에 그 가치가 매우 높다고 평가된다.

 역자는 마티스의 선정에서 제외된 시들 중 보들레르의 철학과 감성을 대표한다고 생각하는 〈만물교감Correspondances〉과 〈가을의 노래Chant d'Automne〉 두 편을 번역하여 추가하였다.

2018년 10월
여의도 우거에서
김인환

축복

Bénédiction

Bénédiction

전지전능의 하나님 점지를 받아
시인이 이 지루한 세상에 나오려 할 때
질겁한 어머니는 불경스런 마음으로 가득하여
그녀를 측은히 여기는 **하나님**을 향해 두 주먹을 불끈 쥔다.

"아아! 이 조롱거리를 키우느니
차라리 독사를 한 무더기 낳을 것을.
내 뱃속에 속젓거리를 잉태시킨
그 덧없는 쾌락의 밤이 저주스럽구나!

고작 내 한심스런 남편의 미움거리가 되고자
수많은 여자 중에 내가 선택되었기에,
이 오그라든 괴물을 연애편지처럼
타오르는 불꽃 속에 던지지도 못하나니.

축복 ——— 17

그대의 증오로 저주받은 이 씨앗은
나를 짓누르는 분노를 솟구치게 할지니
독기 품은 새싹이 돋아나지 못하도록
늦기 전에 이 나무를 아주 비틀어 놓으리라!"

그녀는 이처럼 원한의 거품을 삼키며
영원의 섭리 따위는 깨닫지 못한 채
제 스스로 **지옥***의 계곡 깊숙이 쌓아 놓는다,
어미의 죗값으로 화형을 치를 장작더미를.

그럼에도 한 **천사**의 보이지 않는 보살핌으로
불쌍한 그 **아이**는 햇볕을 듬뿍 받았고
먹고 마시는 모든 것 속에서
올림포스 신들의 양식과 감미로운 신주神酒를 찾아낸다.

---

* 게헤나Gehenna. 이스라엘 예루살렘 남서쪽에 있는 계곡으로,
   그리스도교에서 발달한 지옥을 뜻한다.

그는 바람과 놀고 구름과 함께 떠들며
십자가의 길에 도취되어 노래한다.
그의 순례길을 동행하는 **정령**은
숲속의 새처럼 즐거워하는 그 모습에 눈물짓는다.

그가 사랑하려는 이들은 모두 두려워하며 그를 주시하다가
얌전한 그 모습에 용기가 났는지
누가 그를 탄식하게 할 수 있을까,
마치 시험하듯 온갖 악랄한 짓을 저지른다.

그의 입에 들어갈 빵과 포도주 속에
더러운 가래와 재를 섞어 넣고
그의 손이 닿은 것은 화들짝 집어던지고
그의 발자국이라도 밟으면 자신을 책망한다.

그의 아내는 광장에 나와 외친다.
"남편은 내가 너무 아름다워 우러러보니
내가 고대의 우상 노릇을 할 수밖에.
나도 우상처럼 몸에 금칠을 할 거라오.

그리고 감송향, 향유와 몰약에 휩싸여
찬미와 술과 고기에 취하리라.
나를 흠모하는 자, 과연 그 마음에서
신앙심마저 웃으며 가로챌 수 있을지 한번 보려 하오.

이 불경스런 유희에 싫증이 나면
내 가냘프고 집요한 손을 그에게 얹고
마수*와 같은 내 손톱으로
그의 심장까지 뚫어버리리라.

---

* 하르피아이harpy. 그리스 신화에 등장하는 새. 여자 얼굴을 하고 있다.

갓 난 새처럼 파르르 떨고 있는
시뻘건 그의 심장을 가슴에서 뜯어내리라.
내 사랑스런 짐승들이 실컷 먹도록
땅바닥에 마구마구 던져주리!"

하늘의 찬란한 옥좌로 향한 그의 눈
시인이 경건히 두 팔을 쳐들자
섬광처럼 퍼져나간 명철한 그의 정신
광란의 군중 모습을 가려버린다.

"축복하나이다, 하나님, 당신이 주는 고통은
우리의 불경을 덮는 성스런 묘약일지니,
지고지순한 영약의 진수는 오직
강자에게만 허용된 성스런 쾌락!

알고 있습니다, 성스런 **군단**의 거룩한 대열 속에
당신이 **시인**을 위해 남겨두신 자리를.
그리고 옥좌와 역품 천사, 주 천사들의 영원한 향연에
당신이 이 **시인**을 초대하셨다는 것을.

알고 있습니다, 오직 고통만이 고귀하다는 것을.
이승도 지옥도 이것만은 뜯어내지 못하나니,
내가 엮을 신비로운 왕관을 위해선
모든 시간과 우주가 꼭 필요하다는 것을.

하지만 그 옛날 팔미라*가 잃었다는 보석도
그 어떤 미지의 금속과 바닷속 진주도
당신이 아무리 깎고 다듬는다 해도 미치지 못하리,
내가 만들 눈부시게 빛나는 이 아름다운 왕관에는.

---

* 시리아 사막 중앙에 위치한 고대의 도시 유적

왜냐하면 그 왕관은 성스런 태초의 광원에서 자란
오로지 순수한 빛으로만 만들어지기에.
인간의 눈이 제아무리 찬란히 빛난다 해도
고작 애처롭게 흐려지는 거울일 뿐이기에!"

전생

La vie
antérieure

La vie antérieure

나 오랫동안 살아왔네, 드넓은 현관 지붕 밑에서.
바다 햇살이 수천 가지 불빛으로 물들이는,
저녁엔 곧고 우람한 기둥들도
현무암 동굴처럼 되는 이곳에서.

넘실대는 물결은 하늘의 영상을 둥둥 띄우고
그 풍요로운 음악의 강력한 화음을
내 눈에 비치는 석양의 노을에
엄숙하고 신비롭게 끌어들였지.

그곳이 차분한 쾌락 속에서 내가 살던 곳,
창공과 파도와 찬란한 빛 가운데서
온몸에 향기가 밴 벌거숭이 노예들이 나를 둘러싸고

내 이마를 야자 잎으로 식혀줄 때조차
그들은 집요하게 파고들었지,
나를 피 말리게 괴롭히던 번민을.

인간과
바다

L'homme et
la mer

L'homme et la mer

자유로운 인간이여, 항상 바다를 사랑하라!
바다는 너의 거울, 너는 네 영혼을
한없이 출렁이는 물결에 비추어 보는구나,
바다처럼 한없는 네 정신 쓰라린 심연은 아닌 것을.

너는 네 모습에 심취하길 즐기고
때때로 그 모습을 네 눈과 팔과 가슴으로 품으면
격하고 사나운 바다의 탄식으로
어느덧 네 가슴속 동요도 멎는구나.

너흰 둘 다 음흉할 만큼 치밀하구나.
인간이여, 그대의 심연 바닥을 헤아린 자 아직 없고
오 바다여, 네 보물 역시 아무도 모르게 감췄으니
그토록 너희 둘 집요하게 비밀을 감싸는가!

그런데도 너희 둘은 아득한 옛날부터
연민도 후회도 모르는 듯 서로 싸웠으니
어찌 그리 살육과 죽음에 도취하는가.
오 영원한 투사들, 오 냉혹한 형제들이여!

아름다움

La beauté

La beauté

오 인간들이여! 나는 아름답도다, 돌에 새겨진 꿈만큼이나.
너희들 앞다퉈 달려들다 상처받는 내 가슴은
시인의 마음을 깨우치기 위한 것이다,
우주 만물처럼 영원하고 고요한 사랑을.

나는 신비로운 스핑크스처럼 창공에 군림하며
백설의 마음과 백조의 순백을 이어주기에,
나는 선線들을 흩뜨리는 조짐을 지극히 싫어하고
또한 나는 절대 웃지도 울지도 않는다.

시인들아, 당당한 기념비처럼
나의 자태 자랑스럽지만
경건히 탐구하며 일생을 바치리라.

나는 나의 착한 숭배자들을 매료하기 위해서
만물을 더 아름답게 비추는 거울을 갖고 있도다,
그것은 나의 눈, 영원한 빛을 지닌 커다란 눈!

이국의
향기

Parfum exotique

Parfum exotique

어느 포근한 가을 저녁, 두 눈을 감고
너의 따스한 가슴 향기 들이마시면
내 눈앞에 평화로운 해변이 펼쳐지네,
언제나 태양이 눈부시게 비추는 그곳이.

느긋한 섬 그곳엔 자연이 주는
야릇한 나무들과 맛있는 과일들,
수려하고 건장한 사내들과
또렷한 눈이 매력적인 여인들이 있고

네 향기 따라 이곳에 매혹된
내겐 보이네, 바다 물결에 지쳐버린
돛과 돛대로 가득 찬 항구가.

공기 속에 맴돌며 내 코를 부풀리는
초록빛 타마린드 향기는
뱃사공 노래와 내 맘속에 뒤섞이네.

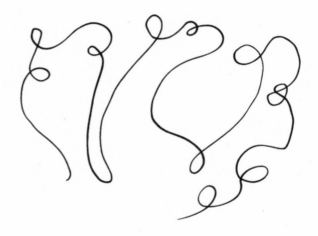

머릿결

La chevelure

La chevelure

오 양털 같은 머릿결이여, 목덜미까지 드리웠네!
오 물결이여, 무심한 도도함이 가득한 향기여!
황홀하구나! 오늘 밤 칙칙한 침실을 채워줄
그 머릿결 속에 묻힌 추억들을
손수건처럼 바람에 휘날리리라!

맥 빠진 아시아, 타오르는 아프리카,
죽은 듯 사라질 멀고 먼 곳이라도
향기로운 그대 심연 속에 살아 있구나!
다른 영혼들 음악을 따라 항해할 때
내 사랑이여! 내 마음은 그대 향기 속에 떠 있다오.

나무와 사람이 정기로 가득한 그곳에 가려오,
끝없이 취하도록 작열하는 열대 속으로.
힘껏 땋은 머리여, 그 물결에 나는 사로잡혔네!

칠흑의 바다여, 그대가 품은 찬란한 꿈은
돛과 사공과 열정과 돛대로 꾸며지고

울림 가득한 항구에서 내 영혼은
향기와 소리와 색채의 물결을 흠뻑 마시고
황금과 물결 속을 미끄러지는 배들은
거대한 두 팔 벌려 영광스레 포옹하네,
영원의 열기로 들끓는 무구한 저 하늘을.

사랑에 도취된 내 머리를 묻으리라,
그대 머리 가둬버린 이 검은 바다에.
물결의 출렁임에 섬세한 내 영혼이
그대를 찾아내리, 오 한가로운 풍요함이여,
향기로운 여유를 주는 끝없는 평온함이여!

푸른 머릿결, 어슴푸레 늘어진 깃발처럼
장엄한 둥근 창공의 빛을 내게 비추고,
곱슬한 그대 머릿결 보송한 끝자락에선
뒤섞여 타오르듯 나를 매료시키네,
야자유와 사향, 그리고 타르 향내가.

영원하라! 영원하라! 내 손으로 네 갈기 속에
루비와 진주, 사파이어를 심으련다,
그대 절대로 내 욕망을 거절 못 하도록.
그대는 바로 내가 꿈꾸는 오아시스,
포도주 향을 풍기는 추억의 호리병 아니런가?

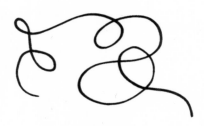

머릿결 ————

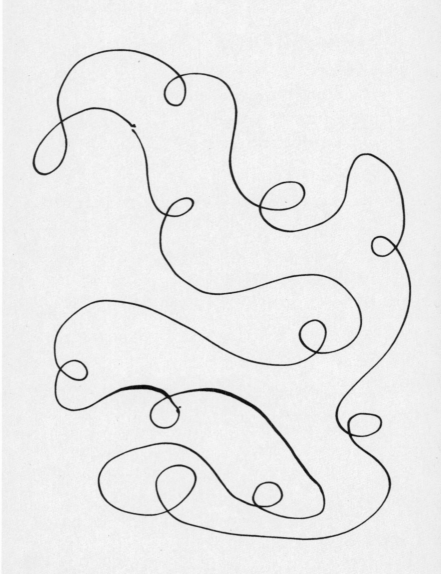

나 그대를
밤의 창공처럼
연모한다오

Je t'adore à l'égal de
la voûte nocturne

Je t'adore à l'égal de la voûte nocturne

나 그대를 밤의 창공처럼 연모한다오.
오 슬픔의 꽃병이여, 오 짓누르는 침묵이여,
아름다운 그대가 피하면 피할수록 나 더 빠져들고
그대가 나의 밤을 수놓을 때도
나를 비웃듯 거대한 푸른 공간 더욱 커져 가오,
내 손길이 닿을 수 없을 만큼.

나는 공격하듯 전진하고 돌격하듯 기어오르리라,
마치 사체를 따르는 벌레 떼처럼.
오 잔인하고 무자비한 야수여! 나는 간직하리라,
나를 더 반하게 하는 그대의 냉혹함까지.

우주 만물을
당신 규방 안에
넣고 싶나요

Tu mettrais l'univers
entier dans ta ruelle

Tu mettrais l'univers entier dans ta ruelle

우주 만물을 당신 규방 안에 넣고 싶나요,
부도덕의 화신이여! 무료함이 그대 마음 악하게 했나요.
이빨로 그 이상한 놀이를 하자면
날마다 사람 심장 하나씩 걸어 놓아야겠지요.
당신 눈은 상점가 불빛처럼
아니면 축제 촛대처럼 타오르며,
남의 권력을 오만방자 휘두를 땐,
아름다움의 법 따윈 몰라도 되나요.

눈 감고 귀 닫은 기계처럼, 냉혹함의 향연!
세상 만인 피를 빼는 참 유익한 장치,
행여 부끄럽진 않은가요, 혹시 본 적은 있나요?
거울 속에 비치는 당신의 추한 모습.
악행의 대가로써 그 죄 하늘 찌르는데
죄의식에 떨린 일 정말 한 번도 없는가요?

언젠가 대자연의 원대한 섭리가 드러나면,

당신조차도 쓸모가 있을까요? 오 여인아, 오 죄악의 여왕
이여,

— 당신 같은 천박한 짐승이 — 무슨 천재라도 잉태할까?

오 거대한 진흙탕이여! 궁극의 비열함이여!

하지만
흡족지 않았다

Sed non satiata

Sed non satiata

기묘한 여신이여, 밤처럼 어둡고,
사향과 궐련[*] 향기 뒤섞여 풍기는
주술사의 역작, 사바나의 파우스트,
검은 날개의 마녀, 흑야_{黑夜}의 자손.

지조와 아편주, 밤을 다 준다 해도
내 선택은 사랑이 넘실대는 그대 입술의 묘약,
그대 향한 내 욕망이 몰려들기 시작하면
네 눈은 내 시름 가시는 물 저장소.

그대 마음 숨 쉬는 그 커다란 검은 눈으로,
오 매정한 악마여! 이제 그 불꽃을 쉬게 하소서.
나 스틱스^{**} 강물처럼 그대를 아홉 번 안을 수는 없으니,

---

* 아바나havane. 쿠바의 수도 또는 쿠바산 담배를 뜻한다.
** 그리스 신화에서 저승을 둘러싸고 흐르는 강

하지만 흡족지 않았다 ─────

슬프도다! 방탕한 메가이라[*] 여신이여,

나는 그대의 기를 꺾고 몰아붙여

페르세포네[**]의 운명으로 이 지옥의 침대에서 살아남지 못

할지니!

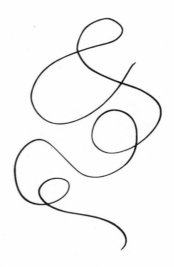

---

[*] 그리스 신화에 등장하는 복수의 여신 에리니에스 자매 중 한 명
[**] 그리스 신화에서 하데스에게 납치되어 하계로 끌려가 그의 아내가 되었다.

진줏빛
넘실거리는
옷을 입고

Avec ses vêtements
ondoyants et nacrés

Avec ses vêtements ondoyants et nacrés

진줏빛 넘실거리는 옷을 입고
걸을 때도 그녀는 춤을 추는 듯,
재주꾼 곡예사의 기다란 뱀이
박자 따라 막대 끝에서 몸을 흔들 듯.

푸른 사막의 하늘과 푸석한 모래가
모두 인간 고뇌엔 관심이 없듯,
물결 그물을 펼치는 바다처럼
그녀도 담담히 발길을 딛네.

촉촉한 그녀의 눈은 보석 같은 매력을 담고,
야릇하고 상징적인 천사의 순결함과
예스러운 스핑크스가 어우러져,

금과 강철과 빛과 다이아몬드로 만든 듯
닿지 못할 별처럼 영원히 빛나네,
순수한 그녀의 도도한 위엄이여.

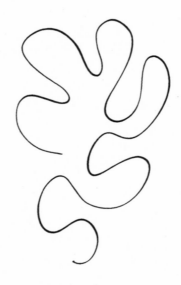

춤추는 뱀

Le serpent
qui danse

Le serpent qui danse

보고 싶구나, 무심한 그대여,
　아리따운 그대 몸에서
아른대는 옷감처럼
　그대 살갗이 빛나는 것을!

그대 머릿결 깊은 곳
　그곳의 진한 체취에,
향기를 담고 떠도는 바다의
　짙고 푸른 파도에,

마치 아침 바람에 잠을 깬
　배 한 척처럼,
꿈에 잠긴 내 마음 돛을 올리네,
　머나먼 하늘을 향해.

너의 두 눈엔
　　달콤함도 쓰라림도 감춰져 있어
차가운 보석 두 알처럼
　　쇳빛과 황금빛이 어우러지네.

박자에 맞춰 걷는 그대,
　　꾸밈없는 미녀여,
마치 막대 끝에서 춤추는
　　한 마리 뱀이로구나.

권태 속에 지쳐버린
　　아기 같은 그대 머리는
어린 코끼리처럼
　　맥없이 건들거리고,

그대 몸을 굽혀 길게 누우면
　　마치 늘씬한 배 한 척이
이리저리 흔들리다
　　돛대를 물에 담그는 듯하네.

요란히도 녹아내린
　　빙하로 불어난 물결처럼,
그대 입속 침이 넘쳐
　　이빨에까지 솟아오르면,

보헤미아 포도주처럼,
　　쌉쌀한 정복감이여,
내 마음에 별빛처럼 흩뿌려진
　　천상의 음료여!

망각의 강

Le Léthé

Le Lithé

오라, 내 가슴으로, 매정한 영혼이여,
사랑스런 호랑이, 무심한 괴물이여.
내 떨리는 손가락 오랫동안 담그려 하네,
우거진 그대 갈기 속에.

그대 향기 가득한 속치마 속에
내 아픈 머리를 묻고,
들이마시리라, 시든 꽃처럼
죽어버린 내 사랑의 달콤한 악취를.

잠들고 싶네! 사느니 차라리 잠들고 싶네!
죽음처럼 아늑한 수면 속에서,
여한 없이, 멈춤 없이 입 맞추리라,
구리처럼 매끄럽고 아름다운 그대의 몸에.

삭아버린 나의 눈물 삼키려 하니,
그대의 침대만 한 곳이 없구나.
그대 입속엔 강력한 망각이 살고,
그대 입맞춤엔 망각의 강이 흐르니,

이제야 환희에 찬 내 운명을
나는 숙명처럼 받아들이리,
순종적 순교자, 무고한 죄인으로
열정 후의 형벌을 달게 받으리.

내 마음에 품은 한을 달래기 위해,
독당근과 마법의 네펜테스* 빨아 마시리,
단 한 번도 사랑이 담긴 적 없는
아름다운 그대의 오똑한 유두 끝에서.

---

* 고대 그리스에서 슬픔과 분노를 잊게 하는 마법의 음료,
또는 그 음료를 추출하는 식물

사후의
회한

Remords
posthume

Remords posthume

내 아름다운 암흑의 여인이여,
그대 검은 대리석 묘지 바닥에 잠들어 있는
저택도 침실도 없이
오직 빗물 새는 묘지 구덩이가 전부라면,

돌덩이가 겁에 질린 그대 가슴과
안락함에 길든 옆구리를 짓눌러,
심장의 박동도 갈망도 억눌리고,
모험 찾아 떠나고픈 발도 묶이네.

내 무한한 몽상에 귀 기울일 무덤은
(무덤은 언제나 시인을 이해하므로)
잠 못 이루는 기나긴 밤 동안 내내,

그대에게 말하리라. "어설픈 유녀遊女여,
망령의 절규를 몰랐다고 달라질 것 있겠는가?"
— 회한 같은 구더기가 그대 살을 좀먹는데.

고양이

Le chat

Le chat

이리 오너라, 예쁜 내 고양이, 사랑에 빠진 내 가슴으로.
　　그 발톱은 감춰두고
금속과 마노가 어우러진
　　예쁜 네 두 눈에 잠기게 해다오.

내 손가락은 한가롭게
　　네 머리와 탱탱한 등을 쓰다듬고,
나의 손이 기쁨에 취해
　　짜릿한 네 몸을 만질 때,

내 여인을 마음속에 그려본다. 그녀 눈매는,
　　사랑스런 동물아, 마치 너의 눈처럼
그윽하고 차갑겠지, 투창처럼 날카롭게 꿰뚫겠지,

머리끝에서 발끝까지
묘한 기운과 치명적 향기가
　그녀의 갈색 몸 둘레를 맴돌겠지.

향기

Le parfum

Le parfum

독자여, 그대 마셔본 적 있는가,
취기와 함께 서서히 탐닉하며
성당 가득한 분향 내음과
향주머니에 새겨진 사향 내음을?

심오한 마법처럼 우릴 매혹하네.
과거가 되살아난 현재 속에서!
사랑스런 연인의 육체에서도
감미로운 꽃을 따서 간직하네.

살아 있는 향주머니, 규방의 향로,
그녀의 유연하고 묵직한 머릿결에서,
야성의 사향 내음 피어오르고

모슬린 혹은 벨벳 옷에선
순수한 젊음이 듬뿍 담긴
모피 향기 풍기는구나.

살아 있는
햇불

Le flambeau
vivant

Le flambeau vivant

빛으로 가득한 그 눈들이 내 앞을 행진하네,
고귀한 천사의 자력에 끌리듯
내 형제들, 거룩한 형제들이 행진을 하네,
내 눈 속에 다이아몬드의 불빛을 흔들면서.

온갖 함정과 중죄에서 날 구원하고
그들은 아름다움의 길로 나를 인도하네,
그들이 내 하인이듯 나는 그들의 노예이니
내 존재는 온전히 이 살아 있는 횃불을 따른다네.

매혹의 눈들이여, 신비한 빛으로 반짝이도다,
한낮에 타오르는 촛불처럼.
붉은 태양도 이 환상의 불꽃을 당할 수 없도다.

햇불은 **죽음**의 찬미, 그대는 **부활**을 찬양하니
내 영혼의 부활을 노래하며 그대는 행진하고
태양조차 별들의 그 불꽃을 수그리지 못하리라.

아주 유쾌한
여인에게

*A celle qui est
trop gaie*

A celle qui est trop gaie

네 얼굴, 네 몸짓, 그리고 네 모습
아름다운 풍경처럼 예쁘구나,
네 얼굴에 노니는 웃음
청명한 하늘에 신선한 바람 같구나.

너를 스쳐가던 침울한 행인도
그 팔과 어깨에서
빛처럼 솟아나는
건강미에 넋을 잃는구나.

강렬한 색상들이
네 의상에 퍼져 있어
시인의 마음속엔
꽃들의 춤이 보이네.

아주 유쾌한 여인에게 ───────

그 요란스런 의상들이
요란한 네 정신의 표상인가,
날 미치게 하는 미친 여인아,
사랑하고도 또 미워한다네!

아름다운 정원에서
때로 무기력에 사로잡히면,
나는 느낀다네, 태양에 가슴이
찢기는 아이러니를.

봄과 신록이 내 가슴에
그렇게도 수모를 주었으니
나는 한 송이 꽃을 통해
오만한 **자연**을 벌했노라.

그러다 어느 날 밤에
쾌락의 시간이 울리면
보석 같은 그대 곁으로
겁먹은 듯 소리 없이 기어가야지.

유쾌한 네 육체에 벌을 내리고,
죄 없는 네 가슴에 상처를 내고,
네 놀란 허리에 남기고 싶어,
움푹하고 커다란 상처를.

현기증 나는 쾌감이여!
더욱 빛나고 아름다운
새로운 입술로 네게
내 독을 주입하리, 내 사랑아!

고백

Confession

Confession

한 번, 딱 한 번, 사랑스럽고 다정한 여인이여,
　　빛나는 그대 팔이
내 팔에 기댔었지(어두운 내 영혼 바닥에서도
　　이 추억 바래지 않네).

늦은 밤이었지, 새하얀 훈장같이
　　하늘엔 보름달 걸려 있었고
밤의 엄숙함이 강물처럼
　　잠든 파리에 넘쳐흘렀지.

집들을 따라 대문 밑으로
　　지나가는 고양이들 살금살금
귀를 쫑긋 세운 예쁜 그림자처럼
　　우릴 천천히 따라왔지.

자유의 친밀감 속의 어느 날
　　창백한 달빛 아래 피어난
행복한 즐거움만 울리는
　　풍요로운 악기, 그대로부터

찬란한 아침 팡파르처럼
　　밝고 즐거운 그대 입에서
애처로운 가락, 기이한 가락이
　　가느다랗게 새어 나왔지.

마치 허약하고 흉측하고 음침하고 추한 아이처럼
　　가족들조차 창피해하고
남몰래 오랫동안
　　깊이 감춰 숨겼지.

가여운 천사, 그녀는 당신의 째지는 듯한 가락을 노래했지.
　　"이 세상에 확실한 건 아무것도 없어,
아무리 기를 쓰고 꾸며봐도
　　인간의 이기심은 드러나거든.

미녀 짓도 고달픈 일이지,
　　시시한 짓거리야,
냉랭하고 방탕한 무희가
　　억지웃음에 취해버리는.

마음에 집 짓기는 어리석은 짓,
　　아름다움도 사랑도 모두 허풍인 걸,
망각이 **영원**에게 돌려주려
　　짐에 챙겨 넣을 때까지!"

고백 ──────　　　　　　　　　　　　　　　　　　　　99

매혹적인 저 달을 나는 종종 떠올리지,
그토록 고요하고 우울하게
소름 돋는 비밀을 속삭이며
마음을 고백할 때.

밤의 조화

*Harmonie
du soir*

Harmonie du soir

이제 마침내 줄기 위에 떨고 있는
꽃송이 향로처럼 피어오르고
그 소리와 향기는 황혼의 대기를 맴도는구나.
우울한 왈츠에 도취된 혼미함이여!

꽃송이 향로처럼 피어오르고
바이올린 흐느끼는 애통한 마음처럼,
우울한 왈츠에 도취된 혼미함이여!
커다란 제단처럼 하늘은 애절토록 아름답다.

바이올린 흐느끼는 애통한 마음처럼,
광대한 허무를 자책하는 온화한 마음처럼,
커다란 제단처럼 하늘은 애절토록 아름답고,
태양은 제 핏속에 잠겨 엉겼구나.

광대한 허무를 자책하는 온화한 마음처럼,
찬란한 과거의 모든 흔적 긁어모으네!
태양은 제 핏속에 잠겨 엉기는데……
내 마음속 그대 추억 성광聖光처럼 빛나네!

여행으로의
초대

*L'invitation au
voyage*

L'invitation au voyage

내 소중한, 내 사랑아,
　　꿈꾸어보아요.
그곳에서 함께 사는 달콤함을!
　　한가로이 사랑하고
　　죽는 날까지 또 사랑할 테요,
그대 닮은 그곳에서!
　　흐린 하늘의
　　촉촉한 태양이
내 마음 매혹시키네,
　　못 믿을 만큼
　　신비로운 그대 눈동자에
스치듯 반짝이는 눈물로.

그곳엔 오직 질서와 아름다움,
풍요와 고요 그리고 쾌감뿐.

세월의 광택으로
빛나는 가구들로
우리 침실을 장식하리라.
진귀한 꽃들
그 향기와 어우러지는
은은한 호박향
호화로운 천장
깊숙한 거울
동방의 찬란함
그 모든 것이 들려주리라,
내 영혼에 은밀하게
정겨운 그대의 고향 언어를.

그곳엔 오직 질서와 아름다움,
풍요와 고요 그리고 쾌감뿐.

저 운하 위에
잠든 배들을 보아요.
방랑벽에 젖은 채로
그대 소망 아주 작은 것까지
채워주려
세상 끝에서 왔답니다.
— 저무는 저 태양이
물들이고 있어요, 저 벌판과
운하와 도시 곳곳을,
보랏빛과 금빛으로.
이제 세상은 잠들 거예요,
따뜻한 햇빛 속에서.

그곳엔 오직 질서와 아름다움,
풍요와 고요 그리고 쾌감뿐.

오후의
노래

Chanson
d'après-midi

Chanson d'après-midi

그대 짓궂은 눈썹이
만드는 묘한 그 느낌은
천사도 무엇도 아닌
눈으로 매혹하는 마녀의 것,

오 변덕의 화신, 내 사랑이여,
막지 못할 내 열정이여!
그댈 향한 숭배의 사랑
우상을 향한 사제와 같네.

사막과 숲에선
거친 그대 머리카락조차 향기롭고,
그대 표정의
비밀스런 수수께끼를 품네.

그대 몸으로 향기를 풍기니
내 옆에 향로가 있는 듯하고,
황혼처럼 나를 홀리니
그댄 뜨거운 어둠의 요정인가.

아! 아무리 강한 묘약인들
그대가 주는 안식에 비할 수 없네,
그대의 어루만짐엔
죽은 자라도 되살아나리!

그대의 등과 가슴 떠받드는
그대의 허리,
그 탄력으로 넋을 빼앗듯
사랑을 부르는 그대의 모습.

때로는, 혼신의 힘으로
그댈 깨물고 입 맞추어
이해 못 할 그대의 광란을
가라앉히지.

갈색 머리 여인, 그대여,
비웃으며 내 가슴 찢어놓다가
달빛처럼 따사로운 시선을
또다시 내 가슴에 던지는가.

그대 비단 구두 아래
사랑스런 그대 비단 발치에
나, 바치리라, 내 큰 기쁨과
나의 재능, 내 운명을.

내 영혼 그대의 치유를 받네,
빛과 색의 원천, 그대여!
열기를 터뜨리네,
어두운 내 마음 시베리아에!

크레올의
한 부인에게

À une dame
Créole

À une dame Créole

태양이 어루만지는 향기로운 고장에서
나는 만났네, 심홍색 나무와 종려나무에 덮여
눈에 포근함이 쏟아지던 그곳에서,
미지의 매력을 지닌 크레올*의 한 부인을.

창백하지만 온화한 안색의 갈색 미인,
목덜미 속부터 느껴지는 고상한 자태.
사냥의 여신 같은 의연하고 우아한 걸음새,
잔잔한 미소와 단호한 눈빛.

부인, 영광스런 조국의
센강과 루아르 강변에 가신다면,
그 **미모**는 고풍스런 저택에 어울리리라.

---

* 프랑스의 식민지 지역에서 태어난 백인, 또는 프랑스인과
원주민 사이에서 태어난 혼혈을 일컫는 말

당신은 그늘진 은둔지에서도
시인들 가슴에 수많은 소네트를 움트게 하여
그 큰 눈으로 복종시키리라, 그대의 노예들보다 더.

슬픔과
방랑

*Mœsta et
errabunda*

Mœsta et errabunda

말해줘요, 아가트, 그대 마음 종종 떠나가는지,
이 비열한 도시 흑막의 바다를 멀리 떠나
순수하게 푸르고 맑고 깊은 그곳,
화려하게 펼쳐진 또 다른 대양을 향하는지?
말해줘요, 아가트, 그대 마음 종종 떠나가는지?

바다, 이 드넓은 바다는 우리 노력의 보상!
거칠게 뿜어대는 거대한 풍금에 맞춰
자장가 한번 기막히게 부르라고
악마가 고용한 걸걸한 여가수일까?
바다, 이 드넓은 바다는 우리 노력의 보상!

날 실어가렴, 수레야! 날 데려가렴, 돛단배야!
멀리! 멀리! 이곳은 우리 눈물이 빚은 진흙탕!

— 정말로 아가트의 슬픈 마음이 종종 이런 말을 할까?
"후회와 죄악, 그리고 고통에서 멀리멀리
날 실어가렴, 수레야! 날 데려가렴, 돛단배야!"

향기로운 낙원, 참 멀기도 하구나,
티 없이 푸른 사랑과 기쁨의 하늘 아래,
사랑받는 모든 것은 그럴 자격이 있고,
마음을 적시는 순수한 쾌락 속에 있으니!
향기로운 낙원, 참 멀기도 하구나!

하지만 해맑은 사랑의 초록 낙원에선
산책과 상송, 입맞춤과 꽃다발,
언덕 너머 어디에선가 바이올린 울리고,
저녁의 숲속에선 포도주와 함께하네.
— 하지만 티 없는 사랑의 푸른 낙원은,

은밀한 기쁨 가득한 순수한 낙원이란,
이미 인도나 중국보다 멀어진 걸까?
애처롭게 부르짖어 다시 가져와
은방울 목소리로 다시 살릴 수 있을까,
은밀한 기쁨 가득한 순결한 낙원을?

가을의
소네트

Sonnet
d'automne

Sonnet d'automne

수정처럼 맑은 그대 눈이 내게 말하네,
"오묘한 내 사랑, 내겐 어떤 매력이 있나요?"
— 예쁘니까 잠자코 있어요! 내 마음 지금 마구 요동친다오,
태곳적 짐승 같은 순진함만 빼고.

사악한 내 비밀 그대에겐 감추고 싶다오,
불꽃으로 쓰여진 암흑의 전설이라도
내겐 긴 잠에 빠뜨리는 자장가일 뿐.
난 열정도 싫고, 그런 마음조차 괴롭다오!

우린 조용히 사랑해야 한다오, 망보던 **사랑**의 신이
몰래 숨어서 운명의 활을 당길 테니.
그 오래된 무기고의 불화살 맛을 잘 안다오.

죄악, 공포 그리고 광기! ― 오 창백한 데이지꽃이여!
그대 역시 나처럼 한낱 가을 햇볕이 아니던가?
오 참으로 새하얀, 오 참으로 차가운 나의 데이지꽃이여!

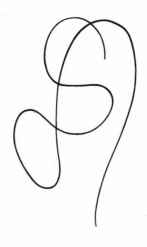

허구의
사랑

*L'amour du
mensonge*

L'amour du mensonge

오 무심한 내 사랑아! 천장에 부딪히는
악기 소리 맞춰 지나는 그대를 보면,
아름다운 자태를 천천히 멈추었다가
그윽한 눈빛의 무료함을 이리저리 움직이네.

나는 바라보네, 그대 창백한 이마가
저녁 횃불처럼 서광曙光을 비추는
가스등 불빛으로 아픈 듯 꾸며지고,
초상화 같은 그대 눈에 사로잡힐 때,

난 혼자 말하네. "야릇한 신선함이여! 정말 아름답구나!
방대한 추억은 육중한 왕궁의 탑이 되어,
복숭아처럼 무른 그녀 마음의 왕관이 되니
육체만큼 심오한 사랑받도록 이제 무르익었네."

그대 천상의 맛을 품은 가을의 과일인가?
아님 눈물 부르는 장례식 꽃병인가,
머나먼 오아시스 꿈을 주는 향수인가,
폭신한 베개인가 아니면 꽃바구니인가?

나는 알고 있지, 소중한 비밀을 그대로 드러내는
더없이 우울한 그 눈에 담긴 것을.
보석 없는 예쁜 상자, 의미 없는 장식처럼,
오 **하늘**보다도 심오하고 공허하구나!

그러나 그대 외모만으로 충분하지 않은가,
진실을 외면하는 마음만 기쁘게 한다면?
그대가 바보여도, 무심해도 무슨 상관인가?
가면이든 장식이든, 경례를! 그대 미모를 숭배하므로.

어느 말라바르
여인에게

À une
Malabaraise

À une Malabaraise

그대 손만큼 발도 멋지구나, 또 그 허리는
백인 미인 부럽지 않게 널찍하구나.
사색하는 예술가에게 그 몸은 포근하고 소중하겠지.
벨벳 같은 그대 커다란 눈은 그대 피부보다도 검구나.
그대 **신**이 생명을 준 그곳은 푸르고 따뜻해서,
할 일이라곤 주인님 담뱃대에 불을 붙이고,
병에 시원한 물과 향수를 채우고,
떠도는 모기들을 침대에서 쫓아내는 것.
아침에 플라타너스가 노래하면,
시장에서 파인애플과 바나나를 사고,
언제라도 원한다면 맨발로 다니며,
미지의 옛 가락을 낮게 흥얼대네.
진홍빛 외투에 저녁이 내리고
그대 천천히 돗자리 위에 몸을 누이면,
맴돌던 그대 꿈은 벌새로 가득하고,
언제나 그대처럼 우아하고 화려하지.

행복한 아가씨야, 왜 프랑스로 가고 싶은가,
이 나라는 고통으로 쓰러지는 사람이 가득한 곳.
뱃사람의 억센 팔에 네 목숨을 내맡긴 채
사랑하는 원숭이*들과 영영 작별하겠다고?
몸엔 모슬린 천 조각을 반만 걸치고,
눈과 우박 맞으며 오들오들 떨면서,
달콤한 휴식과 돈 때문에 울어야 하는데,
억센 코르셋으로 옆구리를 꽉 쥔 채로
진창 속에 저녁거리를 모으기 위해
그대의 매력적인 이국의 향기를 팔게 된다면
더러운 안갯속 생각에 잠겨
사라진 야자수의 환영을 보겠지!

---

* 타마린tamarin. 남아메리카에 서식하는 마모셋원숭이과에 속한다.

베르트의
눈

Les yeux de
Berthe

Les yeux de Berthe

그 아무리 이름난 눈도 그대 눈엔 못 미치리,
내 사랑의 아름다운 눈에선 **밤**처럼 감미롭고
선한 정제된 그 무엇이 넘친다네!
아름다운 눈이여, 그 매혹의 어두움을 내게도 뿌려다오!

내 사랑의 커다란 눈은 고귀한 비밀
깊은 잠에 빠져 있는 망령들의 무리 뒤로
이름 모를 보물들이 어렴풋이 번쩍이는
저 마술 동굴과 너무 닮았네!

내 사랑의 눈은 어둡고 깊고 그리고 드넓지,
그대처럼 광대한 **밤**, 그대처럼 밝혀진 불!
불꽃들은 **믿음** 깃든 **사랑**의 생각들,
쾌락과 순결, 저 깊은 바탕에서 빛나는구나.

분수

Le jet d'eau

Le jet d'eau

가여운 내 사랑, 그 고운 눈 지쳤구나!
눈 뜨지 말고 한참 쉬어요,
그렇게 무기력한 자세에서
갑작스런 쾌감을 느낄 테니.
뜰에서 재잘대는 분수는
낮이건 밤이건 멈추지 않고,
이 밤, 날 사랑에 빠지게 한
황홀감을 은은하게 지켜주네.

> 수많은 꽃들 중에서
> 활짝 핀 꽃다발
> 달의 여신* 기뻐하며
> 색을 입히더니,
> 눈물의 홍수처럼
> 비를 내리네.

---

* 포에베Phoebe. 가이아와 우라노스 사이에서 태어난 그리스 신화의 신.

타오르는 환희의 번개에 맞아
이처럼 불타버린 그대 영혼
거침없이 재빠르게 돌진하네,
끝없이 황홀한 천상을 향해.
그리고 서글픈 번민의 물결이
맥없이 물 빠져 서글픈 시름의
보이지 않는 경사를 타고
내 가슴 깊이 파고드네.

수많은 꽃들 중에서
활짝 핀 꽃다발
달의 여신 기뻐하며
색을 입히더니,
눈물의 홍수처럼
비를 내리네.

오, 밤에 더 아름다운 그대
나는 감미롭게 그 가슴에 기대어
흐느끼는 분수대 속
끝없는 울음소리 듣고 있네!
달아, 물소리야, 축복의 밤아,
주변의 바스락대는 나무들아,
너희들의 맑은 우수는
내 사랑 비추는 거울이로다.

　　수많은 꽃들 중에서
　　　활짝 핀 꽃다발
　　달의 여신 기뻐하며
　　　색을 입히더니,
　　눈물의 홍수처럼
　　　비를 내리네.

머나먼
곳에

Bien loin d'ici

Bien loin d'ici

이곳이 바로 성스러운 집
이렇게 예쁘게 꾸민 소녀가
언제나 채비하고 있는 곳

한 손으론 가슴에 부채질하며
방석에 팔을 괴고선
낙숫물 소리를 듣네.

그것은 도로테의 방
— 저 멀리 산들바람과 물의 합창은
이 응석꾸러기 다독이려고
고함치듯 내지르는 그들의 노래.

위아래로 아주 정성껏
예민해진 피부에 발라주네,
향유와 안식향유를.
— 구석의 꽃들도 그 내음에 취하겠구나.

어느
이카로스의
비탄

*Les plaintes
d'un Icare*

Les plaintes d'un Icare

매춘부의 정부情夫들
행복하고 편하고 배부르겠지.
헌데 난 구름을 잡으려다
힘을 모두 잃었네.

하늘 깊은 곳에서 반짝이는
비상한 별들 덕분인가,
쇠약해진 내 눈엔 오직
태양에 대한 추억만이.

나 우주의 끝과 중심을
헛되이 찾으려 했네.
이름 모를 불의 눈 밑에서
부서지는 내 날개를 느끼네.

아름다움 향한 사랑에 타버려도
지옥의 내 무덤에
이름을 남길 거룩한 영예조차
내겐 허락되지 않겠지.

묵상

Recueillement

Recueillement

내 **고통**이여, 이제 좀 조용히 순해지거라.
네가 갈망한 **저녁**이 이제 내리고 있잖니.
대기는 어둡게 도시를 감싸는구나,
어떤 이에겐 평화를, 어떤 이에겐 근심을 안기면서.

무자비한 망나니 같은 **쾌락**의 채찍 아래,
천박한 인간 무리가 노예의 축제에서
후회할 짓을 연신 저지를 동안,
고통아, 내 손 잡아다오. 그들과 떨어진 이곳에서.

보거라, 사라진 **세월**이 해묵은 옷을 입고
천상의 발코니에 기대는 것을.
회한이 미소를 띠며 수면 아래 솟구치는 것을.

빈사 상태의 **태양**은 다리 밑에 잠들고,
동녘으로 길게 끌리는 수의처럼 걸어오는
들어보라, 그대여, 들어보라, 감미로운 **밤**의 소리를.

알바트로스

L'albatros

L'albatros

뱃사람들은 종종 재미 삼아
바다 위를 미끄러지며 항해하는,
배를 따라 나는 느림보 동반자
덩치 큰 바닷새 알바트로스를 잡곤 했지.

갑판 위에 일단 잡아놓으면
이 창공의 왕자가 어설프고 수치스럽게도
그 크고 흰 날개를 가엾게
노처럼 양쪽에서 질질 끌게 되지.

날개 달린 이 나그네, 참 멍청하고 별 볼 일 없네!
방금 전까지 멋졌는데 이젠 우스운 못난이구나!
어떤 이는 그 부리를 파이프로 괴롭히고
다른 이는 절뚝절뚝 흉내 내네, 날아다니던 이 장애 새를!

시인도 이 구름의 왕자 같아라,
폭풍 속을 넘나들며 궁수쯤은 비웃었는데,
지상으로 유배되니 야유 속에서
그 큰 날개가 오히려 거추장스럽다니.

자정의
심의

L'examen de
minuit

L'examen de minuit

자정을 알리는 괘종 소리
빈정대듯 우리에게
지난 하루 우리가 무얼 하였는지
회상하라 하네.
— 오늘은 운명적인 날,
13일의 금요일이라,
우린 다 알고 있으면서도
이단자의 삶을 살았구나.

우린 예수를 모독했어,
신들 중에서 가장 확실한 신을!
거부巨富 크로이소스 왕의
식탁에 붙은 기생충처럼

우린 야수에게 아부하고자
다이모니온*의 신하가 된 듯
우리가 사랑하는 것은 모욕하고
우리가 혐오하는 것에는 아부했지.

비열한 냉혈한이 슬프게 하는 건,
부당하게 멸시받는 약자들.
황소보다 더 **미련한**
엄청난 **바보짓**을 존경하고,
멍청하게 **물질**에 입 맞추며
커다란 믿음을 주고,
부패에서 시작하는
창백한 빛을 축복했지.

---

* 악마demon의 어원이 되는 단어로, 소크라테스는
  자신에게만 들리는 목소리를 '다이모니온'이라고 불렀다.

마침내 우린 현기증을
광란 속에 잠기게 하려고
칠현금*의 오만한 사제,
음울한 도취를 펼치는 것이
우리의 영광일지니,
갈증 없이도 마시고 허기 없이도 먹었지!……
— 빨리 램프를 *끄*자,
우릴 어둠 속에 숨겨야 하니!

---

* 리라lyra

만물교감

Correspondances

자연은 하나의 신전, 그곳의 살아 있는 기둥들은
때때로 난해한 말들을 쏟아내지.
인간이 상징의 숲을 지나게 되면
숲은 친근하게 그를 지켜보네.

멀리서 어우러지는 긴 메아리들같이
어둡고 심오한 조화 속에서
밤처럼 그리고 빛처럼 광대하게
향기와 색채, 그리고 소리가 서로 화답하네.

어린아이 살결처럼 싱싱한 향기,
오보에 소리처럼 감미롭고, 초원처럼 푸르른 향기,
— 썩은 내음에서 풍요롭게 압도적인 향기들까지.

무궁한 사물의 확장력을 지닌 것들은,
호박향, 사향, 안식향, 훈향처럼
정신과 감각의 환희를 노래하네.

가을의
노래

Chant
d'automne

I

머지않아 우린 차디찬 어둠 속에 잠기리니,
잘 가거라, 너무 짧았던 우리 여름날의 찬란한 빛이여!
내겐 벌써 들리네, 음산한 충격과 함께
안마당 바닥 위로 떨어지며 울리는 소리가.

분노, 미움, 전율, 공포, 그리고 강요된 힘든 노력
이 모든 겨울이 내 존재 안에 들어오려 하네,
그러면 내 심장은 극지의 지옥 속에 뜬 태양처럼
벌겋게 얼어붙은 덩어리에 지나지 않겠지.

난 몸을 부르르 떨며 장작 하나하나 떨어지는 소리를 듣네,
교수대 세우는 소리 그보다 더 육중하게 들리진 않으리라.
내 정신 집요하고 육중한 파성추에
허물어져가는 탑과 같아라.

이 단조로운 충격 소리에 흔들리며
어디선가 누가 관에 서둘러 못질하는 소리 듣는 듯.
누굴 위해서? — 어제만 해도 여름이었는데. 벌써 가을이!
저 신비스런 소리는 어떤 출발신호처럼 울리네.

Ⅱ

난 사랑해요, 당신의 갸름한 눈에 감도는 초록빛을.
다정한 미녀여, 하지만 오늘은 모든 것이 씁쓰레하네.
그대의 사랑방이나 규방이나 난로 그 무엇도 모두
내겐 바다 위에 빛나는 태양만 못하오.

그래도 날 사랑해주오, 정다운 님이여! 내 엄마 되어주오,
은혜를 모르고 짓궂은 사람이라 해도
애인이거나 누님이거나, 영광스런 가을의
아니면 지는 태양의 순간적 감미로움 되어주오.

덧없는 인생, 무덤이 기다리는구나, 허기져 입 벌린 무덤이!
아! 제발 잠시나마 내 이마 그대 무릎 위에 묻고
작열하던 뜨거운 여름 그리워하면서,
만추의 따사로운 누런 햇빛 맛보게 해주오!

작품 해설

보들레르와 《악의 꽃》

　프랑스는 19세기 중반에서 20세기 초까지 시의 황금시대를 만나 위대한 시인들을 많이 배출했다. 그중에서 프랑스를 대표하는 가장 위대한 시인 한 사람을 고르게 한다면 아마도 많은 사람이 보들레르에게 기꺼이 한 표를 줄 것이다. 보들레르는 19세기 시대와 문화적 분위기, 특히 낭만주의의 영향을 받았으며 다른 낭만주의 시인들과 마찬가지로 12음절의 알렉상드렝alexandrin을 사용하였지만 그의 시는 낭만주의를 넘고 19세기 후반의 상징주의를 품어 현대시의 문을 활짝 열었다고 할 수 있다.

　보들레르는 아버지 조제프-프랑수아 보들레르Joseph-

François Baudelaire에게서 물려받은 철학과 신학, 그리고 조형예술에 대한 깊은 조예와 어머니 카롤린 뒤페이Caroline Dufays로부터 감화된 종교적 신앙심을 바탕으로 자신의 문학적 성향을 형성했다. 하지만 보들레르는 성장과정 중에 큰 아픔을 겪기도 했다. 그가 7세 때 아버지를 잃었는데 그 아픔이 채 치유되기도 전이었던 8세 때에 어머니가 재혼하여 어머니마저 빼앗겼다는 상실감에 괴로워했기 때문이다. 보들레르는 의붓아버지 잭 오픽Jack Aupick과 좋은 관계를 유지했고, 오픽의 권유로 법과대학에 입학하기도 했지만 결국은 문학청년들과 어울리고 시 쓰기에 열중하게 되어 법과 전공을 포기할 정도가 되었다. 주로 가족들과 떨어져 살았던 그의 생활이 매우 불규칙하고 무절제했던 관계로 그의 가족들은 그를 인도로 보내 그의 생활습관을 바로잡아보려 했다. 본의 아니게 태평양호를 타고 머나먼 인도로 떠나게 된 보들레르는 매일같이 무료하게 바다만 바라보다가 항해 중간에 모리스섬에 며칠 정박하게 되었는데, 여기서 그는 인도의 캘커타가 아닌 프랑스행 선박에 다시 몸을 싣고 귀국하고 말았다. 그가 인도행 항해를 계속하여 인도에 도착했다면 우리가 알고 있는 현대시는 다른 모습이 되었을지도 모를 일이다.

그는 어떤 대상과 자연을 눈에 보이는 그대로 묘사하지 않고 그것의 상징과 표상을 포착하여 시로 표현하는 선구적인 작품들을 만들어냈다. 가령 배를 타고 프랑스로 귀국하던 중에 배를 따라오던 새 알바트로스가 갑판에 잠시 내려앉았는데, 그는 뱃사람들에게 붙잡혀 질질 끌려 다니며 그 큰 날개를 한번 써보지도 못하고 볼품없이 노리개로 전락하는 모습에 자신의 처지를 투영했다.

'폭풍을 드나들기도 하고 궁수쯤이야 우습게 알던 그 바다의 왕자도 바닥에 유배되어 놀림감이 되다니. 그 거창한 날개가 오히려 걸음에 방해가 될 줄이야.'

그는 이렇게 알바트로스의 심정을 느끼며 말없이 자신과 알바트로스 사이를 조용하며 교류시켰다.

또 어느 날 보들레르는 16세기의 벨기에 화가인 피터르 브뤼헐Pieter Bruegel의 그림 〈장님들의 우화La Parbole des Aveugles〉를 보며, 땅을 보지 못하고 허공을 보면서 지팡이를 휘젓고 다니는 장님들의 모습에서 시인의 모습을 발견하였다.

'내 영혼아, 저들을 바라보라. 저들은 정말 흉측하구나! 성스러운 불꽃이 떠난 저들의 눈은 마치 먼 곳을 바라보는 듯 마냥 하늘로 향했구나. 길바닥은 쳐다보는 일이 없이 저들의 묵직한 머리는 무슨 생각에 담긴 듯이 (……) 오 도시여, 이 영원한 침묵의 형제는 네가 주변에서 잔인할 만큼 깔깔대며 떠들어델 동안 나 어쩌면 저들보다 더 넋을 잃은 채 몸을 끌며 가고 있구나. 생각해보라, 저 장님들은 하늘을 보며 무엇을 찾고 있는지.'

그는 이렇게 장님들에게나 마찬가지로 시인 자신에게도 질문을 던지며 〈장님들Les Aveugles〉이라는 시를 쓰기도 한다.

시인은 본질적으로 '자기'에서 벗어나 자연과 가까워지고 싶어 한다. 보들레르 역시 그의 작품 〈축복Bénédiction〉을 통해 "그는 바람과 함께 놀고 구름과 함께 이야기하고 (……) 그를 따르는 성령은 그가 숲속의 새처럼 즐거워하는 것을 보고 눈물짓는다"와 같이 자연친화적인 면모를 보인다. 하지만 그에게 자연은 단순히 이러한 정서를 표출하고 서술하는 수동적인 대상이 아니었고, 오히려 정관사와 함께 의인화된 능동적인 주체였다. 이러한 관점은 〈만물교감Correspondances〉에서 더욱 잘 드러나는데, "자연은 하나의 신전, 그곳의 살아

있는 기둥들은/때때로 난해한 말들을 쏟아내지/인간이 상
징의 숲을 지나게 되면/숲은 친근하게 그를 지켜보네"와 같
은 구절을 통해 숲속에서 자연 스스로가 교류하는 상징의
언어를 포착하는 것이 시인의 임무라고 노래하였다.

《악의 꽃》에서는 첫 시 〈축복〉에서만 '지고의 권세', '하나
님', '영원한 섭리', '천사', '성령', '지옥', '천국', '성스런 군단'
등과 같이 기독교와 관련된 많은 어휘가 등장한다. 하지만
이 어휘들은 성경의 맥락 그대로가 아니라 오히려 그에 대한
역설로, 개념을 뒤틀기 위해 사용되었다고 보아야 하고, 이
렇게 그의 시에 등장하는 '시인'은 정신적으로 상승하고 승
화하려는 성향과 함께 육체의 쾌락을 좇으며 무한히 나락으
로 하강하려는 상반된 성향을 보여준다. 그는 부모의 성스
러운 신앙을 멀리한 채 오로지 시와 아름다움만을 추구하는
사제가 되었다.

보들레르 시집의 제목 《악의 꽃》은 그의 시를 이해하는
열쇠이다. '악의 꽃들'로 번역되는 'Les Fleurs du Mal'에서
'Mal'은 라틴어 'malum'에서 비롯된 것으로, 고통이나 불행
의 원인, 번민 혹은 괴로움 등의 의미와 함께 도덕적인 악,
악마 또는 타락한 천사 등을 의미한다. 보들레르는 그의 시

집 'Les Fleurs du Mal'을 통해 이러한 여러 의미를 모두 다루고 있다. 완전한 아름다움을 찾아 헤매는 그의 순례길은 끊임없는 투쟁의 연속이었고, 그 과정에서 그는 고뇌, 번민, 아픔, 좌절을 맛보았으며 그럼에도 관능적 욕망에 몸을 내던지다 결국 건강을 잃고 사망에 이르게 되었다. 결국《악의 꽃》은 그가 살면서 겪었던 고뇌와 질병들이 꽃처럼 피어나며 시로 승화된 것이며, 또 한편으로는 그가 느낀 삶의 역정 그 자체를 표상하는 것이다.

마티스가 그린
보들레르의 시집《악의 꽃》

정장진

앙리 마티스Henri Matisse는 1944년 여름, 오랫동안 꿈꿔왔던 샤를 보들레르Charles Baudelaire의 시집《악의 꽃Les Fleurs du Mal》(1857)의 삽화 작업을 끝냈다. 하지만 8개월 동안 매달린 이 작업이 결실이 맺은 것은 그로부터 대략 3년의 시간이 흐른 1947년이었다. 종전이 가까워진 제2차 세계대전 말기의 혼란, 이혼한 아내와 딸이 나치의 포로수용소에 갇혀 있다가 풀려나고 특히 딸이 죽음의 고비를 넘기기도 하는 등 불가항력적인 사건도 많았지만 삽화를 곁들인 시집 출간에 이렇게 긴 시간이 걸린 것은 석판화 인쇄 과정에서 예기치 못한 사고가 일어났기 때문이다.

마티스는 시집《악의 꽃》에 실린 151편의 시 중에서 33편의 시를 골라 진하고 부드러운 연필로 삽화를 그렸다. 한여름의 더운 날씨 탓에 종이에 그린 연필 소묘들이 건조해져서 석판화 작업공이 하룻밤 동안 축축한 압지 갈피 사이에 끼워두었는데, 다음 날 작업을 하려고 열어보니 종이가 습기를 빨아들이는 바람에 모든 소묘들이 원래의 것들보다 전체적으로 약 1센티미터씩 늘어나 있었다. 다 버리고 처음부터 다시 시작할 수밖에 없는 상황이었다. 그러나 불행 중 다행이랄까, 작업을 맡기기 전에 마티스는 작품 전체의 사진을 찍어두었다. 이렇게 해서 1947년, 이 사진에 몇 개의 장식을 새로 그려서 첨부한 영인본影印本이《악의 꽃》삽화판으로 나온 것이다. 바로 이 영인본이 최근 다시 프랑스 여러 출판사에서 재출간되었다.

마티스는 1944년 여름,《악의 꽃》석판화 작업이 잘못된 것을 알았지만 바로 다시 작업을 할 수가 없었다. 허물어진 집은 다시 지을 수 있고 고장 난 가구는 고쳐서 쓰면 되지만 시와 그림은 그런 일이 아니었다. 매번 시를 읽고 몰입의 순간을 쫓아가며 연필을 놀려야 하는 소묘 작업은 결코 쉽게

다시 할 수 있는 그런 일이 아니었다. 그 후 마티스는 다른 일을 보기 위해 잠시 남프랑스 니스를 떠나 막 나치에서 해방된 파리로 올라가야 했고 또 다른 시인들의 작품에도 삽화를 그려야만 했다. 가여운 딸도 만나야 했고…….

붓 대신 연필을 든 마티스

그러나 마티스는 보들레르의 《악의 꽃》을 포기할 수가 없었다. 그는 왜 그렇게 이 시집에 몰두했던 것일까? 우선 화가 마티스의 손에 붓이 아니라 연필이 들려 있었다는 사실에 주목할 필요가 있다. 마티스는 물감을 섞고 때론 캔버스에 강한 힘으로 붓을 눌러야 하는 유화 작업이 아닌 전혀 다른 작업을 하고 있던 것이다.

사실 마티스는 붓을 들 힘이 없었다. 1944년이면 마티스가 75세일 때다. 3년 전에 암 선고를 받았고 폐에서도 심각한 이상이 발견되었다. 마티스로서는 육체적으로나 정신적으로 그림을 그릴 수가 없는 상태였다. 게다가 전쟁까지…….

침대에 누운 화가의 손에 붓 대신 쥐어진 부드러운 연필은 화가의 마음을 가장 잘 받아주는 도구였다. 방금 읽은 시구들의 야릇한 울림에 몸을 맡긴 채 눈을 감아도 될 정도로 사각사각 소리를 내며 종이 위를 미끄러지는 연필……. 그 부드러운 움직임은 무의식까지 받아줄 수도 있었다. 실제로 마티스가《악의 꽃》에 그린 몇몇 삽화를 보면 초현실주의자들의 자동기술법이 떠오르기도 한다. 특히 마티스가 시 끝에 남겨놓은, 소용돌이치는 선들로 이루어진 아라베스크들을 보면 침대에 누워 있는 노화가가 눈앞에 떠오른다.

보들레르의 시집에 그림을 그리는 작업은 마티스에게는 자신의 50년 화업 전체를 정리하는 일이면서 동시에 임박한 죽음과의 싸움이기도 했다. 몇 년 후에 붓을 들 수 없게 되자 마티스의 손에는 붓도 연필도 아닌 가위가 들려지게 되며 색종이를 오려 붙이는 어린아이들의 작업방식에 의지하기도 한다. 노화가는 끝까지 그림의 세계를 떠나지 못한 것이다. 그림을 그린다는 것은 그에게 숨을 쉬는 것과도 같은 일이었다.

마티스와 시인들
마티스가 비단 보들레르의 시에만 삽화를 그린 것은 아니며 또 꼭 시인들의 시집에만 삽화를 그린 것도 아니다. 19세기 말에 활동한 프랑스 상징주의 시인인 스테판 말라르메Stéphane Mallarmé는 물론이고 멀고 먼 오륙백 년 전 중세와 르네상스 시대의 시인인 샤를 도를레앙Charles d'Orléans과 피에르 드 롱사르Pierre de Ronsard의 시에도 삽화를 그렸다. 이 삽화들은 보들레르의 시에 곁들인 삽화보다 훨씬 에로틱하고 대담하며 수도 훨씬 많다. 영국 소설가 제임스 조이스James Joyce의 소설 《율리시스Ulysses》와 20세기 동시대 극작가인 앙리 드 몽테를랑Henry de Montherlant의 극작품에도 삽화를 그렸다. 이 일련의 작업들은 죽음을 앞둔 마티스에게는 젊은 시절 자신을 예술에 전념케 한 지적·감성적 충격을 되돌아보는 일이었다.

많은 화가들이 그렇듯이 마티스 역시 젊었을 때는 공증인 사무소에서 서기로 일을 했었다. 급성 맹장염에 걸려 누워 지내다가 친구의 도움으로 장난삼아 그림을 그리기 시작한 것이 화가로서 발을 내딛게 된 계기였다. 이후 파리로 올라와 상징주의 화가인 귀스타브 모로Gustave Moreau의 문하생으로 들어가 회화 수업을 받는다.

당시 모로의 회화 수업은 그림 공부이면서 동시에 문학, 음악, 철학 공부이기도 했다. 또한 당시 파리에서는 인상주의 이후 대변혁을 맞이한 미술과 문화계 전반에 새로운 돌파구를 찾아나서는 아방가르드 운동들이 거세게 일어나고 있었다. 당시 유럽은 1870년대 초 프러시아와의 전쟁과 파리 코뮌이라는 엄청난 위기를 벗어나 제1차 세계대전이 일어나기까지, 유럽 역사상 최초로 40년간 전쟁이 일어나지 않은, 이른바 호시절로 불리는 벨에포크Belle Époque 시대였다.

이 당시 마티스에게 보들레르의 《악의 꽃》은 예술가라면 거쳐야 할 관문이자, 자신의 젊은 감수성을 담아낼 수 있는 자신만의 예술적 형식을 찾아야 한다는 무서운 경고이기도 했다. 《악의 꽃》은 엄격한 고전적 시작법을 준수한 정형시들로 이루어져 있으면서도, 그 엄격한 형식 속에서 내면으로 침잠해 들어가 겹겹의 이미지들을 연결시킴으로써 이전의 그 어떤 시인도 도달할 수 없던 시적 깊이를 획득해냈다. 그림과 소리가 서로를 환기시키고 향기와 촉감마저 느껴지는 강한 울림들은 추상적 관념들을 불꽃처럼 휘황하게 빛나게 했다. 마티스는 모든 이들이 칭송해 마지않는 보들레르의 시를 읽고 또 읽으며 자기의 것으로 내면화했던 것이다.

마티스가 처음으로 자신만의 스타일을 찾기 시작한 해인 1904년에 작업을 시작해 이듬해에 완성시킨〈풍요, 고요, 쾌감Luxe, Calme et Volupté〉(1904~1905, 98.5×118.5cm, 파리 오르세 미술관)은 보들레르의 시 〈여행으로의 초대Invitation au Voyage〉에 나오는 시에서 인용한 것으로, 제목에서 알 수 있듯이 보들레르에게 바치는 오마주hommage였다. 마티스는 1906년에 연이어 그의 최대 걸작으로 남아 있는 〈삶의 기쁨La Joie de Vivre〉(1906, 175×241cm, 미국 반스 재단)을 그리는데 이 작품 역시 앞서 점묘법으로 그린 〈풍요, 고요, 쾌감〉을 다른 기법으로 해석한 완결판이었다. 1944년 여름, 보들레르의 시집에 그림을 그리기 40년 전에 이미 마티스는 보들레르를 그리고 있었던 것이다.

보들레르 이후의 프랑스 미술과 문학

보들레르는 비단 마티스에게만 거쳐야 할 관문이자 감성을 다듬고 심화시키는 교과서 역할을 한 것이 아니다. 마티스 이전에 이미 우리에게 많이 알려져 있는 유명한 조각가 오귀스트 로댕Auguste Rodin이 《악의 꽃》에 멋진 삽화를 그렸다. 지금 이 삽화는 파리 로댕 박물관에 소장되어 있어 언제든지 볼 수 있다. 화가이자 미술비평가이기도 한 에밀 베르

나르Émile Bernard도 그렸다. 또 마티스와 함께 모로의 화실에서 그림을 함께 배운 친구이자 열렬한 가톨릭 신도이기도 했던 조르주 루오Georges Rouault는 예의 그 굵고 무서운 선과 진한 색으로 마치 중세 성당의 스테인드글라스를 연상시키는 삽화를 그렸다. 이들이 그린 보들레르의《악의 꽃》삽화들은 모두 걸작으로 남아 있다.

더 거슬러 올라가면 충격적인 화풍으로 인해 한국에서는 공개가 금지될 수밖에 없는 벨기에 화가 펠리시앵 롭스Félicien Rops를 꼽아야 할 것이다. 두 사람은 1864년에 벨기에에서 만났고 롭스의 〈춤추는 죽음La mort qui danse〉(1865, 165×254mm, 벨기에 펠리시앵 롭스 박물관) 등은 보들레르의 영향을 잘 보여주는 그림이다. 롭스의 그림들은 프로이트를 비롯한 정신분석가들에게도 영향을 끼친다.

사실 시와 회화의 이런 만남은 프랑스의 지적·예술적 분위기에서는 극히 자연스러운 일이었다. 게다가 보들레르는 예술평론가이기도 했다. 그것도 아주 뛰어난 비평가여서 지금도 그의 글은 연구되고 자주 인용된다. 뿐만 아니라 보들레르는 에드거 앨런 포Edgar Allan Poe의 소설들을 프랑스어로 번역한 번역가이기도 한데, 그의 번역은 훌륭한 번역으로 유명

해서 지금도 프랑스인들은 보들레르의 번역본으로 포의 작품들을 읽는다.

그러면 왜 프랑스와 유럽 예술가들은 이렇게 보들레르의 《악의 꽃》에 열광하며 긴 세월이 흐른 후에도 삽화를 그리며 다시 읽는 것일까? 대체 어떤 매력과 깊은 의미를 지니고 있길래 이런 현상들이 일어나는 것인가? 궁금하지 않을 수 없다.

우선 보들레르 자신의 자서전으로 읽혀도 무방한, 마티스가 삽화를 그린 보들레르의 시 한 편을 먼저 보자. 시 〈축복Bénédiction〉인데, 중요한 시절만 읽어보자.

그럼에도 한 **천사**의 보이지 않는 보살핌으로
불쌍한 그 **아이**는 햇볕을 듬뿍 받았고
먹고 마시는 모든 것 속에서
올림포스 신들의 양식과 감미로운 신주神酒를 찾아낸다.

그는 바람과 놀고 구름과 함께 떠들며
십자가의 길에 도취되어 노래한다.
그의 순례길을 동행하는 **정령**은

숲속의 새처럼 즐거워하는 그 모습에 눈물짓는다.

　시인의 탄생을 노래하는 시 〈축복〉 옆에 마티스는 한 사나이의 얼굴을 그렸다. 〈축복〉이라는 시가 시인의 탄생을 아이의 탄생에 비유한 시이니 이 초상화를 우리는 시인으로 볼 수 있다. 그래서일까, 보면 볼수록 시인 같기도 하다. 보들레르는 〈축복〉에서 세상 모든 인간은 시인으로 태어난다고 선언을 한 것이며, 마티스는 바로 시인의 이 깊은 뜻을 그림으로 표현해낸다.

　인간은 모두 시인으로 태어난다. 그리고 이 시인은 시간이 흘러도 정신 속 깊은 곳에 영원히 살아 숨 쉰다. 생텍쥐페리Saint-Exupéry가 사막에서 만난 어린 왕자도 이 시인들 중 하나다. 단 한 번만 존재하는, 유일무이한 존재들인 모든 인간 속에 살아 있는 신비, 그것이 시인인 것이다. 그래서 보들레르는 기꺼이 시인의 탄생을 신화 속에 위치시킨다. 예수의 탄생에 비유될 수 있으며 올림포스 산에서 태어난 신일 수도 있다. 성스러운 자연 속에서 새들과 노니는 도인이기도 하다. 그래서 동양의 한국에서 사는 우리에게는 마티스가 그린 저 어린 소년의 얼굴은 부처일 수도 있을 것이다. 사실

따지자면 예수나 부처만큼 시인인 사람들은 없었다. 그들은 시인들 중의 시인들이었다. 또 마티스가 그린 시인의 얼굴은 마티스 자신의 자화상이기도 할 것이다.

하지만 보들레르나 마티스는 시인의 탄생만 노래한 것이 아니라, 새로운 시의 탄생도 함께 선언하고 있다. 이제 시는 결코 한순간의 철없는 낭만이 아니며 단순한 감정 토로도 아니고 아름다운 자연 앞에서 느끼는 평범한 감탄도 아니다. 새로운 시가 탄생한 것이다. 옛날 시들은 호숫가에서 혹은 가을바람에 머릿결을 휘날리며 사랑을 노래하고 탄식을 쏟아냈다. 조국을 위해, 하나님을 위해 목숨을 바치라고 호소하며 피를 토했다. 그러나 이제 보들레르는 전혀 다른 시인이 태어났음을 선언하고 있다. 그 시인은 새로운 언어, 새로운 감성, 새로운 윤리로 무장한 채 지상에 내려온 것이다.

현대의 문을 연 시집, 《악의 꽃》

이렇게 보들레르의 시집 《악의 꽃》은 프랑스만이 아니라 서구 문학사 전체에서 현대의 문을 연 혁명적인 작품이다. 이 시집이 열어놓은 현대의 문을 통해 문학만이 아니라 미술과 문화 전체가 현대를 향해 달려 나갔다.

귀스타브 쿠르베Gustave Courbet의 사실주의 선언문 같은 작품인 〈화가의 작업실L'Atelier du peintre〉(1854~1855, 361×598cm, 파리 오르세 미술관)에 보들레르가 등장하는 것은 자연스러운 일이며 얼마 후 보들레르의 친구인 에두아르 마네Édouard Manet의 〈풀밭 위의 점심 식사Le Déjeuner sur l'herbe〉(1863, 208×264.5cm, 파리 오르세 미술관)가, 6편의 시를 삭제당하고 벌금을 내라는 통지를 받은《악의 꽃》에 이어, 1863년 "낙선전"에 걸리며 같은 수모를 당한 것도 우연이 아니다. 나폴레옹 3세의 제2제정 하에서 빅토르 위고Victor Hugo는 유배를 떠나야 했고《마담 보바리Madame Bovary》를 쓴 귀스타브 플로베르Gustave Flaubert 역시 풍속문란죄로 소설을 판금당하기도 했다. 그러나 이미 후일 인상주의자로 불리게 될 젊은 화가들은 마네 주위에서 몰려들며 전혀 새로운 그림들을 그리기 시작했다.

마티스가 고른 33편의 시들 중 마지막 시인 〈자정의 심의L' examen de minuit〉를 보자. 보들레르가 숨을 거둔 1867년 이후인 1868년 제3판 시집에 포함된 이 시는 "자정"이라는 깊은 시간의 비유를 통해, 밤이 깊어져 자정이 되었건만 생각마저 깊어지고 깊어져 깊은 후회가 몰려오는, 숨을 거두기 직전의 모습을 떠올리게 한다. 보들레르는 한 가지 일에 몰두하지 못하고 의지가 약해 크고 작은 유혹에 쉽게 굴복하고 마는 자신을 자주 자책했다. 한밤중에 자신을 되돌아보는 시인은 돈과 물질을 쫓아다니던 자신을 고백하고 있다. 누군들 그렇지 않은가. 마티스는 이 자전적 고백의 시에 보들레르의 얼굴을 그린 것이다. 시를 시인의 고백으로 본 것이다.

  보들레르의 시는 이렇게 현대의 문을 열어놓은 것이다. 문학사가들이 보들레르로부터 새로운 시가 태어났다고 하며 프랑스 시의 역사는 흔히 보들레르를 중심으로 전후 두 시대로 나누곤 한다. 왜? 바로 누구도 제대로 헤아린 적이 없는 이 깊은 바다 속 같은 인간의 심연을 처음으로 본 사람이 보들레르이기 때문이다. 보들레르 이전의 사람들도 바다를 보고 놀랐지만 보들레르는 놀라움을 넘어 최초로 그 바다의 심연 속으로 들어간 사람이었다. 마티스는 이 용감한 보들레르를 시〈인간과 바다L'homme et la mer〉 옆에도 그린 것이다. 보들레르는 단순히 헤아릴 수 없는 마음의 심연을 바다에 비유한 것이 아니었다. 몸과 마음과 정신을 송두리째 제물로 바쳤던 인간이었다. 하시시, 흑인 혼혈 창녀 잔 뒤발Jeanne

Duval 그리고 금치산을 당할 정도로 방탕했던 돈 씀씀이와 허풍과 뒤이은 가난······ 매독과 반신불수로 이어진 병든 육체······ 악의 꽃들이 핀 것이다.

예수나 올림포스 산에 사는 신으로 태어난 시인은 그러나 현실에서 얼마나 괴롭힘과 조롱을 당하는가. 이런 가련한 시인을 보들레르는 〈알바트로스L'albatros〉에서 묘사했다. 이 시 옆에 마티스가 그린 그림을 보면 여자 같아 보이지만 보면 볼수록 남자 같기도 하다. 시인을 이카로스에 빗대어 노래한 시 〈어느 이카로스의 비탄Les plaintes d'un Icare〉을 봐도 남자 얼굴이 등장한다. 이 얼굴 역시 보들레르를 그린 것이기도 하다.

검은 비너스, 잔 뒤발

마티스는 《악의 꽃》에서 33편의 시를 골라내서 그림을 곁들였다. 그러나 이 그림들은 시의 분위기나 주제를 그림으로 표현한 것들이 아니었다. 33점 모두 사람 얼굴을 그린 초상화들이다. 보들레르의 초상화를 비롯한 남자 얼굴 몇 점을 제외하면 대부분 여자 얼굴들이다. 이 여인들의 얼굴들 중

상당수는 보들레르의 흑인 연인이었던 잔 뒤발과 관련되어 있다. 잔 뒤발에 대해서는 정확하게 알려진 것이 거의 없다. 1820년경에 태어나 1860년대에 사망한 것으로 추정될 뿐이다. 흔히 "검은 비너스"로 불렸던 이 여인은 이름 없는 연극 배우이자 무희였다고 하나 출생지나 집안에 대해서도 알려진 것이 거의 없다. 프랑스의 옛 식민지들인 인도양 남부의 레위니옹이나 모리셔스가 고향으로 언급되고 심지어는 인도나 카리브해의 아이티가 거론되기도 한다. 한 가지 확실한 것은 백인이 아니라 혼혈이었다는 점이다. 그것도 몇 세대에 걸친 혼혈이었다.

"검은 비너스"를 다룬 보들레르의 시들은 참으로 많다. 〈이국의 향기Parfum exotique〉, 〈하지만 흡족지 않았다Sed non satiata〉, 〈아름다움La Beauté〉 등……

검은 비너스는 어떤 경우는 우아한 얼굴을 하고 있지만 때론 요염하고 간악해 보이기도 한다. 눈에 보이는 이런 인상을 완전히 무시할 수는 없지만 이 인상에 머물러서도 안 된다. 보들레르와 마티스는 여인의 얼굴을 그리며 다른 것을 그리고 있었기 때문이다.

〈아름다움〉이라는 시를 보자. 프랑스어로 '아름다움'을 뜻하는 말인 '라 보테La beauté'는 미인을 뜻하기도 한다. 그래서일까 마티스는 아름다운 여인의 얼굴을 시 〈아름다움〉 옆에 그려놓았다. 그러나 이 미인은 인간이 아니라 자연 그 자체이며 나아가 자연마저 초월하는 더 멀고 더 깊은 존재다. 사실 우리 모두 그렇게 자연과 세계를 만난다. 우리 모두 불어오는 봄바람에서 생명을 느끼고 둥그런 산허리에서는 여인의 아름다운 몸을 보기도 한다. 자연은 보들레르가 말한 것처럼 "신비로운 스핑크스"인지도 모른다. 마티스는 이 자연을 굵은 선 몇 개의 여인 얼굴로 그렸다. 저 압축적인 선들속에 숨어 있는 울림을 들어야 할 것이다.

마티스 역시 그러지 않았나. 나이가 들어 병마에 시달리던 마티스가 남프랑스의 지중해를 바라보며 종이 오려 붙이기로 그린 그림이 다름 아닌 〈푸른 누드Nu Bleu〉(1952, 112×73.5cm, 조르주 퐁피두센터) 연작이다. 이 〈푸른 누드〉 연작은 단순한 누드가 아니라 지중해를 묘사한 것이다. 아리스티드 마욜Aristide Maillol의 여인 누드 조각이 〈지중해La Méditerranée〉(1923~1929, 117.5×68.5×110.5cm, 파리 오르세 미술관)이듯이 마티스의 누드 역시 지중해였다. 바다를 그린 것이다. 크로노스가 자른 우라노스의 남근이 바다에 던져지자 거품이 일고 그 거품 속에서 비너스가 태어나고…… 보들레르는 지금 전혀 낯선 풍경 앞에서 도취되어 있다. 하지만 과연 이 시가 열대 풍경만을 묘사하는 것일까? 아니다. 이 시는 오히려 열대 풍경이 아니라 한 여인을 묘사하고 있다고 보는 것이 정확하다. 거의 20년을 애증으로 점철된 삶을 함께했던 잔 뒤발이 다름 아닌 〈이국의 향기〉인 것이다.

〈머릿결La chevelure〉이라는 시는 1861년 작으로 1857년에 출간된 《악의 꽃》 초판본에는 없던 시다. 연인 잔 뒤발을 거의 직설적으로 노래하고 있지만 시인은 지금 회상을 하는 것이다. 시가 길어진 이유도 여기에 있다. 여인은 시에서 상징적이지만 동시에 에로틱하고, 에로틱하면서 또 놀랍게도 종교적이기도 하다.

시집 《악의 꽃》에서 뱀은 거의 에덴동산의 뱀과 같은 역할을 한다. 유혹과 파멸, 금기와 호기심 그리고 현재와 영원의 극복할 수 없는 간격과 갈등. 〈진줏빛 넘실거리는 옷을 입고Avec ses vêtements ondoyants et nacrés〉에서도 뱀은 "진줏빛 넘실거리는 옷을 입고" 나타났었다. 마티스는 여인의 얼굴을 그렸고 또 다른 페이지를 할애하여 추상화를 연상케 하는 아라베스크를 수놓았다.

금지된 시와 보들레르의 시론 詩論

〈망각의 강Le Léthé〉은 1857년 여름, 시집이 출간되자마자 "공중도덕 위반" 혐의를 받아 금지된 6편의 시들 중 하나다. 시구 하나하나를 문자 그대로 읽으면 그럴 만도 하다.

> 그대 향기 가득한 속치마 속에
> 내 아픈 머리를 묻고,
> 들이마시리라, 시든 꽃처럼
> 죽어버린 내 사랑의 달콤한 악취를.

벌금과 함께 6편의 시를 삭제하라는 판결을 받은 시인은 곧이어 외제니 황후L'Impératrice Eugénie에게 편지를 써서 벌금 탕감을 부탁하기도 한다.

〈아주 유쾌한 여인에게A celle qui est trop gaie〉 역시 금지된 시 6편 중 하나다. 이 시는《악의 꽃》앙리 마티스 에디션의 바로 앞에 실린 〈살아 있는 횃불Le flambeau vivant〉, 뒤이어 나오는 〈고백Confession〉과 함께 보들레르가 만났던 또 다른 여인, 문학 살롱계의 거물이었던 사바티에 부인Apollonie Sabatier을 노래하고 있다. 마지막 시구는 복수와 열정이 혼란스럽게 뒤섞여 역겹고 음란하다. 나폴레옹 3세는 이 시의 주인공보다 더 음란한 인간으로 유명했지만 나폴레옹 3세의 제2제정 당시 받아들이기 어려운 시였다.

보들레르는 잔 뒤발, 사바티에 부인 등 여러 여인들을 만나고 사랑하여 시에 그들의 이야기를 담았다. 그러나 시집《악의 꽃》에는 보들레르의 시론詩論이라고 할 수 있는 시들도 몇 편 들어 있다. 〈밤의 조화Harmonie du soir〉가 대표적인 작품이다. 유명한 〈만물교감Correspondances〉에서도 노래되었던 주제인 공감각共感覺, synesthésie을 다루고 있다. 소리와 향기와 색이 서로를 부르고 현재와 과거가 만나 전혀 다른 시간을 부른다. 오감각과 바니타스vanitas 도상을 중심으로 그려지던 정물화의 세계가 보들레르에게 와서 상식적인 감각들 그 너머의 세계를 열어 보이기 시작한다. 이제 감각 너머에 숨어 있는 잠재의식의 발견이 얼마 남지 않았다.

여행

마티스를 좋아하는 이들은 그의 그림 〈풍요, 고요, 쾌감〉이 보들레르의 시 〈여행으로의 초대〉에서 온 것임을 알 것이다.

> 그곳엔 오직 질서와 아름다움,
> 풍요와 고요 그리고 쾌감뿐.

 후렴구로 반복되는 이 시구는 꿈속의 낙원을 묘사하고 있다. 마티스는 어딘가로 떠날 것 같은 여인을 그리고 있다. 같이 가자는 눈빛을 읽어야 할까?

 여행은 보들레르가 즐겨 다룬 주제다. 그의 여행은 단테 Dante Alighieri가 그랬듯이 지상을 떠나는 여행까지 포함되어 있다. 지상을 떠나는 여행이 죽음을 의미할 수도 있지만, 한 개인의 죽음이 아닌 그 이상의 죽음을 뜻하기에 심각한 것이며 동시에 순수하게 정신적인 세계로 들어가는 것을 뜻하기도 한다. 시인은 "그대 닮은 그곳"으로 여행을 가자고 한다. 일체의 갈등이 없는 그곳, "오직 질서와 아름다움, 풍요와 고요, 그리고 쾌감"만 있는 곳, 꿈속에서나 가볼 수 있는 곳……. 마티스는 맹수들처럼 울부짖는 원색들을 썼다고 해서 야수파라는 비아냥거림을 들으며 새로운 회화를 시작할 때부터 이미 40년 전에 보들레르의 이 초대에 응했다. 그는 그림을 그리기로 결심을 한 것이다.

 〈오후의 노래Chanson d'après-midi〉에서는 다시 잔 뒤발이 나

타난다. 열정 혹은 정념에게 시인이 말을 걸고 있다. 마티스의 여인은 고개를 살며시 꼰 채 웃는다. 죽음보다 강한 정념의 저 미소는 시베리아의 어둠 속에서도 불타오를 것이다! 이 시는 1841년, 보들레르가 잠시 프랑스령인 아프리카 마다가스카르 인근의 레위니옹 섬에 머물 때의 경험을 바탕으로 쓰여진 시이다.

보들레르는 〈슬픔과 방랑Mœsta et errabunda〉이라는 시에서도 계속 바다를 노래하고 있다. 그러면서 멀고 먼 어린 시절도 떠올린다. 〈가을의 소네트Sonnet d'automne〉에서는 데이지꽃을 뜻하지만 동시에 여인의 이름이기도 한 마거리트Marguerite를 애타게 부르는 소리가 들린다. 괴테Johann Wolfgang von Goethe의 《파우스트Faust》를 연상할 수도 있지만, 사랑의 비밀과 괴로움을 말하고 있다. 마티스의 여인은 묘한 미소를 보내며 웃고 있다.

대화체로 쓴 보들레르의 시들

보들레르 시의 중요한 특징들 중 하나는 많은 시편들이 대화체로 쓰여 있다는 점이다. 시 속에서 늘 누군가를 부르는 간절한 목소리를 들을 수 있는 것이다. 이 점을 가장 잘 파악한 사람이 다름 아닌 마티스이다. 그래서 마티스는 시인의 부름을 듣는 여인의 얼굴을 보들레르의 시 옆에 그릴 수 있던 것이다.

시 〈허구의 사랑L'amour du mensonge〉에서도 시인은 "무심한 내 사랑아!"라고 누군가를 부르며 시를 시작한다. 마티스가 그린 여인들이 현실 속의 실제 여인들은 물론 아니다. 마티스는 이런 이유로 여인들의 얼굴을 결코 세세하게 그리지 않았다. 시 〈허구의 사랑〉에서는 현대문명의 한 중요한 특징인 부박함을 다루고 있다. 거짓됨과 진실함 사이의 경계를 오가는 갈등과 부박함…… 그러나 마티스의 여인은 말하는 것 같다. "그것이 사랑 아닌가요? 그것이 인생 아닌가요?" 이 시는 삭제된 시들을 대신해 1860년에 쓴 작품으로, 나중에 《악의 꽃》 제2판에 포함된다.

〈어느 말라바르 여인에게À une Malabaraise〉는 1842년 인도양의 섬나라 모리셔스를 여행할 당시 쓴 것으로, 인도 남부 지방인 말라바르 출신의 하녀를 모델로 삼았다고 알려져 있다. 보들레르는 이국 여인의 매력에 사로잡혀 세세하게 여인을 관찰하고 꿈을 꾼다. 그러면서 두 문명을 비교하기까지 한다. 열대 풍경과 눈과 우박은 극한 대비를 이루며 환영과 현실의 차이를 부각시키고 있다. 낯선 이국의 여인에게서 보들레르는 떨쳐버리기 어려운 매력을 느끼곤 한다. 마티스 역시 타히티 등지를 여행하며 이국의 풍물에 취했던 적이 있고 그의 그림에도 큰 영향을 남긴다. "타히티 여인의 비단결 같은 피부와 부드러운 머릿결 그리고 구릿빛 얼굴은 짙은 녹색의 섬과 멋진 조화를 이루고 있다." 마티스가 보낸 편지 속에 나오는 타히티 풍경 묘사이지만 보들레르의 것으로 읽어도 무방할 것이다.

〈베르트의 눈Les yeux de Berthe〉에 등장하는 베르트는 보들레르의 마지막 애인이다. 젊은 여인의 눈망울 속에서 시인은, 그리고 먼 후일 마티스는 영원을 암시하고 꿈꾸게 만드는 매력을 본다. 회한과 두려움, 기억과 그리움이 마구 뒤섞인 심연으로 내려가면서……

1866년 시집에 수록된 〈분수Le jet d'eau〉는 1850년대 초에 쓰여졌다. 분수는 사랑을 나누는 두 연인 뒤에서 들리는 배경음악인 것만 같다. 여인은 얼굴을 한쪽으로 숙인 채 야릇한 미소를 보내고 있다. 솟아오르는 물방울은 활짝 핀 꽃다발이며 떨어지는 물방울 소리는 흩날리는 꽃잎들이다.

〈머나먼 곳에Bien loin d'ici〉는 제목 그대로 이국적 풍경 속에 사는 한 소녀를 노래하고 있다. 향유들, 바람과 물소리, 아름다운 꽃송이들…… 그리고 신비한 한 소녀. 분명 여기가 아닌 어디 먼 다른 곳이리라. 마티스를 따라가면 이 먼 곳에 갈 수 있을 것이다.

〈묵상Recueillement〉. 도시에 어둠이 내리고 서서히 밤이 깊어진다. 밀려드는 회한과 낮 동안의 열정들……. 이 저녁은 하루의 끝이 아니라 다른 시간으로 변모한다. 늘 그런 것은 아니지만 때로 노을과 함께 찾아오는 어둠은 결정적인 순간을 만들어내는 힘을 갖고 있다. 마티스는 시인과 예술가들이 이 저녁에 종교적 시간, 즉 묵상의 시간을 맞이한다는 것을 잘 알고 있었다.

보들레르의 시와 마티스의 그림

보들레르의 《악의 꽃》에서 골라낸 33편의 시를 읽으며 마티스가 곁들인 그림들을 봤다. 사고에도 불구하고 다시 작업을 해야만 했던 마티스는 사진 영인본으로라도 《악의 꽃》을 출간해야 했다. 몇 편만 제외하고 전부 여인들의 얼굴이었다. 이 여인들의 얼굴은 꿈속의 먼 나라이며, 다가갈 수 없는 금기의 영역이자 유혹의 눈길과 미소이기도 하다. 파멸의 예감처럼 불길한 시와 그림도 있었고 해맑은 소리와 영롱한 빛살이 감도는 풍경도 있었다. 그러나 무엇보다 우리는 노화가 마티스의 손에 쥐어져 있던 연필이 종이 위를 스쳐가는 소리를 들어야 하리라. 그 소리는 다가오는 죽음을 물리치는 소리였을 것이고 40년 전 마티스를 화가로 다시 태어나게 했던 "풍요, 고요, 쾌감"의 소리였을 것이다.

샤를 보들레르 연보

1821년   4월 9일 출생

1827년   아버지 조제프-프랑수아 보들레르 사망(68세)

1828년   어머니 카롤린 뒤페(29세)가 잭 오픽 소령과 재혼

1831년   리옹에 이어 명문 고등학교 루이 르 그랑Louis le Grand에서 수학

1839년   친구와의 의리 문제로 고등학교를 퇴학하고 대학입학 자격
         시험에 합격

1841년   가족회의 결정으로 인도로 출발

1842년   중간 정착지인 모리셔스 섬에서 프랑스행으로 승선해 귀국
         취향을 공유하는 문학청년들과 '노르망디 학파École Nor-
         mande' 결성
         《악의 꽃》의 일부가 되는 시들을 작성하며 익명으로 발표
         센강의 생루이 섬에 기거하며 생부의 유산을 상속 받음

1843년   호화스러운 피모당 호텔에 기거하며 미술품 수집과 함께
         시 집필

잔 뒤발Jeanne Duval과 함께 이국적 쾌락에 심취

1844년   지나친 사치와 지출로 인해 법원으로부터 금치산 선고

1845년   유서를 남기고 자살을 시도하였으나 실패

떠돌이 생활 중 살롱전 총평인《1845년 미술전Salon de 1845》
을 어머니의 성을 딴 '보들레르 뒤페'라는 이름으로 출간

1846년   비평집《1846년 미술전Salon de 1846》출간.

1847년   유일한 중편 소설《라 팡파를로La Fanfarlo》출간.

촉망받던 신인 여배우 마리 도브룅Marie Daubrun과의 만남

1848년   루이 필리프Louis Philippe 왕정 폐지 및 공화정 개시를 주도한
2월 혁명에 가담

1851년   에드거 앨런 포Edgar Allan Poe 작품에 공감하여 번역 시작

벨기에 은행가의 애인 아폴로니 사바티에Apollonie Sabatier 부
인을 흠모하여 구애의 편지와 시를 수차례 전달

1855년   《두 세계Deux Mondes》에 〈악의 꽃〉이라는 제목으로 시 열여
덟 편을 기고

1856년   에드거 앨런 포의《놀라운 이야기들Histoires Extraordinaires》번
역본에 평론가 호평

《악의 꽃》출판 계약

1857년   6월 25일《악의 꽃》출간

보수 언론《피가로Le Figaro》의 혹평 공세와 함께 내무부 공
안국에 의해 검찰에 기소됨

법원은 미풍양속 훼손을 이유로 보들레르에게 300프랑의
벌금과 시 여섯 편 삭제를 선고함

1858년	활발하게 집필활동을 계속하며 과부가 된 어머니 곁에 기거함
	인도 여행에서 영감을 얻은 시 〈알바트로스〉와 함께 시집 출판 준비
1860년	《악의 꽃》 제2판, 《인공낙원Les Paradis Artificiels》, 《미학적 호기심Les Curiosités Esthétiques》, 《문학적 견해Opinions Littéraires》 등 총 네 권 출판 계약
1862년	프랑스와 파리에 대한 혐오와 좌절을 느껴 벨기에 브뤼셀로 떠남
1864년	브뤼셀 예술계의 홀대에 극심한 좌절과 환멸을 느낌
1865년	파리에서 형성된 '파르나스 학파les parnassiens' 등 젊은 문학 세대에 의한 보들레르 추종 시작
1866년	브뤼셀에서 시 작업에 몰두하여 시집 《잔해Les Épaves》 발간
	종종 정신을 잃는 혼미 상태와 우측 반신마비 발생
1867년	어머니의 품에서 8월 31일 사망(46세)
	계부와 함께 몽파르나스 공동묘지 안장
1868년	사후 주변인들에 의해 《악의 꽃》 제3판, 《파리의 우울 Le Spleen de Paris》, 미술과 문학 비평서, 서간집 등 출간

옮긴이 김인환

이화여자대학교 불문과를 졸업하고 동대학원에서 석사학위를 받았다. 프랑스 소르본대학에서 박사학위를 받고, 이화여대 불문과 교수로 재직했다. 한국 불어불문학회 회장, 한불사전 편찬위원장 등을 역임했으며 프랑스 정부로부터 교육 문화(Palmes Académiques) 훈장을 수여받았다. 지은 책으로는 《줄리아 크리스테바의 문학 탐색》이 있고, 옮긴 책으로는 졸라의 《나나》, 《목로주점》, 게오르규의 《25시》, 크리스테바의 《시적 언어의 혁명》, 《사랑의 역사》 등이 있다.

그림 해설 정장진

1956년에 태어나, 고려대학교 불문학과에서 석사학위를 받은 뒤, 파리 제8대학에서 20세기 소설과 현대문학 비평을 전공하여 박사학위를 취득했다. 고려대학교, 서강대학교 등에서 강의하며 문학평론가와 미술평론가로 활동하고 있다.

악의 꽃 | 앙리 마티스 에디션

1판 1쇄 발행 2018년 11월 5일
1판 6쇄 발행 2021년 9월 1일

지은이 샤를 보들레르 | 엮은이·그린이 앙리 마티스 | 옮긴이 김인환
펴낸곳 (주)문예출판사 | 펴낸이 전준배
출판등록 2004. 02. 12. 제 2013-000360호 (1966. 12. 2. 제 1-134호)
주소 03992 서울시 마포구 월드컵북로 6길 30
전화 393-5681 | 팩스 393-5685
홈페이지 www.moonye.com | 블로그 blog.naver.com/imoonye
페이스북 www.facebook.com/moonyepublishing | 이메일 info@moonye.com

ISBN 978-89-310-1120-3 03860